tascabili

# NIENTE,
# PIÙ NIENTE AL MONDO

Massimo Carlotto

# NIENTE,
# PIÙ NIENTE AL MONDO

*edizioni e/o*

Edizioni e/o
Via Camozzi, 1
00195 Roma
info@edizionieo.it
www.edizionieo.it

Copyright © 2004 by Edizioni e/o

Prima edizione Tascabili e/o ottobre 2011

Grafica/Emanuele Ragnisco
www.mekkanografici.com
Illustrazione di copertina/Chiara Carrer

Impaginazione/Plan.ed
www.plan-ed.it

ISBN 978-88-6632-066-1

# NIENTE,
# PIÙ NIENTE AL MONDO

Devo mettere a posto la spesa. Tra poco arriveranno e non voglio che trovino la casa in disordine. Ne troveranno solo nella sua camera ma lì niente più niente al mondo potrà mettere ordine.

Niente più niente al mondo servirà a mettere a posto le cose.

Sono stanca, la fermata dell'autobus è lontana dal Supermegafantadiscount e mi sono dovuta fare una bella camminata con le borse piene dopo una mattina di lavoro. Ma ne valeva la pena:

Polpa di pomodoro, barattolo da 400 gr, 0,24.

Mozzarella bocconcino, 100 gr, 0,39.

Detersivo Marsiglia, bucato a mano, 1 euro e 15. Dentifricio al fluoro, 0,42. Caffè 4 pacchi da 250 gr, 3 euro e 39. Olio Extravergine, 1 litro, 2 euro e 75. Pesto alla genovese, 0,66. Il vermouth invece l'ho preso qui alla bottiglieria sotto casa. È l'unica cosa su cui non risparmio. Mi piace di marca. E poi Torino è la capitale del vermouth, è roba nostra. Se mi sbrigo farò in tempo anche a berne un goccio.

Anzi me lo faccio subito, non ho comprato surgelati oggi, che si rovinano se non li metti subito nel freezer. Quelli li prendo da Comprabenissimo, due volte al mese ci sono le grandi offerte di sofficini e bastoncini di pesce che piacciono tanto alla bambina.

Mi devo anche cambiare. Niente più niente al mondo riuscirà a togliere le macchie da questo vestito. Poco male, l'avevo comprato dai cinesi – 12 euro e 90 – un affare.

L'ultimo vestito che mi sono fatta fare da una sarta è stato per il matrimonio di mia nipote. C'era ancora la lira. La stoffa l'avevo comprata a una svendita, il modello l'avevo copiato da un giornale. Insomma me l'ero cavata con poco meno di 200.000 lire.

Sono sempre stata attenta al risparmio io. Anche Arturo, mio marito, devo dire. Era lei che aveva le mani bucate, che buttava via il denaro.

Prima, quando mio marito aveva la paga da metalmeccanico ce la cavavamo abbastanza bene. Io andavo a servizio giusto due volte la settimana per le piccole spese, mie e della bambina. Poi quando l'hanno licenziato – dopo la mobilità e la cassa integrazione che c'hanno mangiato tutti i risparmi – ho iniziato a fare la settimana.

Il lunedì e il giovedì dalla signora Masoero. Il martedì, mercoledì e venerdì a casa Baudengo. E non ho più smesso. Adesso mi danno 6 euro e 50 l'ora. Tutto in nero, ovviamente. Cinque ore. Dalle otto all'una. 32 euro e 50 al giorno. 162 alla settimana. 642 al mese.

Poi a natale mi danno anche un regalino, una specie di tredicesima. Saltano fuori quei 200 euro per i regali e la cena della vigilia che viene sempre mia sorella col marito e i figli. Mentre il capodanno lo passiamo al paese dai parenti di Arturo ma lì siamo ospiti e ce la caviamo con lo spumante, il cotechino, i gianduiotti e il panettone.

Avrei potuto lavorare anche il pomeriggio ma c'era anche questa casa da mandare avanti e la bambina da seguire.

La lasci sola e si fa mettere incinta. Dopo i tredici anni le devi controllare ogni minuto. In quartieri come questi è meglio avere figli maschi, ti danno meno preoccupazioni.

Ma da quando eravamo fidanzati avevo continuato a dire ad Arturo che una femminuccia la desideravo proprio. Solo che ho capito dopo che fatica era tirarla su.

Col maschio, se riesci a non farlo bucare e purché non finisca in galera, il gioco è fatto. Dopo la scuola se ne va a lavorare e se proprio va male segue le orme del padre e viene fuori un'altra famiglia uguale uguale di sfigati.

Ma con la femmina è diverso. Da quando nasce devi progettare il suo futuro altrimenti si fotte lei e ti fotti anche tu.

Dipende tutto da quanto è carina. E la mia bambina per fortuna lo è.

Negli anni devi farle capire cosa è meglio per il suo futuro, la devi preparare a fare le cose giuste. E la mia bambina in questo non mi ha mai dato soddisfazioni. Nemmeno una. Quasi quasi avrei fatto meglio a lavorare anche il pomeriggio e mettere via i soldi solo per me. Che si facesse sbattere da questi ragazzetti e diventasse gravida, almeno se ne sarebbe andata fuori casa in fretta. Un matrimonio riparatore, che ancora si usa grazie a dio, pagato dalla famiglia dello sposo s'intende, e tanti saluti.

Ma chi se lo immaginava che venisse fuori così asina. Da piccola mi ascoltava e quando le chiedevo cosa voleva fare da grande mi rispondeva sempre: l'attrice. Però ho fatto bene a non buttarmi nel lavoro. Bisogna stare attenti a non bruciare tutte le energie, altrimenti non duri negli anni. I lavori di fatica come il mio – perché a fare la colf ti spacchi la schiena – mica li puoi fare fino a ottant'anni e io che non ho pensione, almeno fino a sessantacinque devo andare a servizio. E non battere la fiacca perché arriva il momento che ne pigliano una più giovane e più veloce.

Devo cambiarmi anche il collant e le scarpe. Niente più niente al mondo riuscirà a farle tornare pulite. Queste ballerine le avevo comprate ai saldi l'anno scorso e le avevo appena fatte risuolare. Con tutto quello che cammino queste sono le scarpe giuste per me. La sera c'ho sempre le gambe e i piedi gonfi, ma dopo un paio d'ore che sto distesa sul divano passa tutto. E il giorno dopo sono pronta a ricominciare.

Mi alzo alle sei, preparo il caffè e accendo il televisore. D'inverno non alzo mai le serrande per evitare di guardare le finestre dei palazzi di fronte. È ancora buio e attraverso le tendine da quattro soldi, trasparenti come carta velina, vedi gente già stanca alle prese con le caffettiere. Hanno tutti una faccia incazzata come la mia. Solo alla televisione si vede la gente contenta. Le conduttrici sono fresche come rose e sorridono con quei bei denti bianchi che devono aver speso un capitale dal dentista.

Quello del licenziamento di Arturo è stato proprio un brutto periodo. Il peggiore da quando ci siamo sposati, ma dopo un bel po' di tribolazioni, un paio d'anni buoni, ha trovato lavoro come magazziniere.

Si è sentito sminuito di non essere più un metalmeccanico. Gli hanno detto di non mettersi in testa di fare scioperi e lui, pur di avere il lavoro, ha stracciato la tessera del sindacato davanti al padrone. La sera, a casa, ha pianto e io gli ho detto di smettere di credere alle stronzate della CGIL che di certo non ci avevano fatto arricchire. Arturo ha stretto i denti e via... su e giù col muletto tutto il giorno e la paga non è stata più la stessa. 760 euro al mese. Insieme ai miei fanno 1.402.

Non sembrano pochi ma se cominci a togliere 300 euro d'affitto per questo appartamentino – sessantadue metri quadri calpestabili: soggiorno con angolo cottura, bagno, due camere da letto, balconcino che ci sta appena lo stenditoio – tot di spese condominiali, le bollette di acqua, luce e gas, 127 euro la rata della macchina: una Punto a tre porte che io non volevo nemmeno comprare.

Ma perché compri una macchina della Fiat? – avevo detto ad Arturo – che ti hanno dato un calcio in culo dopo sedici anni di lavoro.

Poi c'è la rata dei mobili del salottino, 85 euro e l'abbonamento alla televisione via cavo per le partite. Una volta mio marito andava allo stadio a tifare Toro ma poi non ho più voluto: troppi pericoli. Me lo ha detto anche la ragazza della promozione che mi ha venduto l'abbonamento al telefono. Mi ha chiamato tante di quelle volte che alla fine siamo diventate quasi amiche. Io, all'inizio, ero un po' titubante perché ogni anno è una bella mazzata di euro ma lei, alla fine, mi ha convinto. È un sacrificio che però non ti fa venire il patema d'animo che ti rovina la domenica.

Signora – m'ha detto – ormai i teppisti vanno allo stadio solo per far casino. Dobbiamo proteggere i nostri mariti, perché sa sono moglie e madre anch'io, e l'unico modo è di tenerli a casa davanti al televisore.

Arturo non mi è sembrato tanto contento all'inizio. Diceva che non era la stessa cosa.

Ho conosciuto altre ragazze simpatiche che fanno le promozioni al telefono, soprattutto delle compagnie telefoniche. Basta dire che si è indecisi e loro chiamano un sacco di volte. Ti ascoltano, ti danno dei consigli e alla fine non si arrabbiano se non vuoi abbonarti. Ho provato a capirci qualcosa delle tariffe ma è impossibile. Alla fine siamo rimasti con quella che avevamo prima. Tanto io e Arturo non telefoniamo quasi mai e la bambina ha il suo cellulare e sa che il telefono di mamma e papà non lo deve toccare.

Alle spese fisse devi aggiungere il mangiare, il vestire e i divertimenti per due persone, perché adesso la bambina lavora e se li paga.

Divertimenti... una pizza al mese e due sabati a ballare e quest'anno la settimana a Milano Marittima alla pensione Turchese l'abbiamo saltata. Non siamo riusciti a mettere via un euro che fosse uno.

La signora Masoero è andata in Sardegna tutto agosto. Mentre la Baudengo sulle Dolomiti dove c'hanno la casa e una cameriera del posto. Loro, le pensioni come la Turchese non le hanno mai viste. Conduzione familiare, un armadio, due comodini scassati e il televisore piccolo. Il bagno è in comune ma il mangiare non è male, anche se la sera ti danno sempre minestrina, formaggio e insalata. D'altronde con 35 euro al giorno cosa vuoi pretendere?

Di vizi io e l'Arturo ne abbiamo pochi. Lui c'ha il pacchetto di Ms, il caffè al bar la mattina, l'aperitivo alla sera – 1 euro e sessanta –, la Gazzetta dello Sport e le gocce per dormire che le devi pagare per intero perché la mutua non te le passa più.

Io c'ho il vermouth, tre bottiglie, a volte anche quattro, a settimana... dipende da come mi sento, Sorrisi e Canzoni TV, Novella 2000, la schedina del superenalotto e una volta al mese la tinta dalla signora Esposito che abita al quarto piano.

Una volta c'aveva il negozio da parrucchiera col marito, adesso che è vedova arrotonda la pensione. L'arrotonda bene, il salotto è sempre pieno. Per il colore e la messa in piega si piglia 20 euro e comunque non sono i 60-80 dei parrucchieri veri. La tinta ovviamente non è di prima qualità ma vado volentieri perché lei è una pettegola nata e ti racconta tutto quello che è successo nel quartiere.

E ce ne sono cose da sapere. Nascite, morti, matrimoni, separazioni e licenziamenti, figli che non trovano lavoro, gente che si è ammalata e non ha i soldi per andare a farsi operare dal chirurgo bravo o fare la cura miracolosa all'estero. Storie di soldi, insomma. La gente fa fatica a campare e mi consola sapere che qui siamo tutti uguali.

E poi vado volentieri dalla Esposito perché è l'unica della zona che non fa i capelli alle extracomunitarie. Non dico le negre perché quelle c'hanno i loro negozi, ma le russe, le albanesi, quelle dell'est, insomma. Sta con l'Umberto la Esposito, non vuole mica quella gente lì a casa sua. Ogni giorno ne arriva qualcuno e se ne va una famiglia di italiani. Un conto se sono cinesi che non danno fastidio a nessuno ma il resto è tutta gentaglia. O sono puttane, o ladri, o ti portano via il lavoro.

Alle ultime elezioni ho litigato con i comunisti del quartiere che dicevano che non era vero.

A noi ci portano via il lavoro eccome – gli ho urlato in faccia – le loro donne vanno a servizio anche per 2 euro e mezzo all'ora e sono fortunata che le mie signore non vogliono stranieri per casa ma solo piemontesi figlie di piemontesi. Gente di razza sana.

Poi Arturo è andato a scusarsi perché lui li conosce tutti quelli della sezione. Una volta la frequentava ma dopo aver stracciato la tessera del sindacato si è vergognato e non si è più fatto vedere.

A proposito di extracomunitari: un'altra mattana della bambina è stata uscire con un

ragazzo tunisino che lavorava dal panet-
tiere. Anche quella volta suo padre non ha
detto una parola. È toccato a me risolvere la
faccenda.

Quello ti fa figliare come una coniglia –
le ho detto – e quando si stufa si porta via
i bambini al suo paese e tu finisci a Chi l'ha
visto?

Ma siamo solo amici aveva risposto la
bambina.

E quando mai ti sono amici quelli?
Quelli sono islamici, gente che non ti puoi
fidare, circoncisi come gli ebrei, guarda
cosa stanno combinando in giro per il
mondo. Mettono le bombe, sgozzano la
gente. E poi nel quartiere che figura ci facciamo?

Per essere sicura di non ritrovarmi un
nipotino di colore sono andata al posto di
polizia e ho detto al commissario che un

extracomunitario senza documenti impor-
tunava la mia bambina. Il giorno dopo se
lo sono caricati in macchina ed è sparito.

Per fortuna che le è passata subito alla
bambina. All'inizio aveva un muso che non
si poteva più stare in casa.

Bambina... io e Arturo continuiamo a
chiamarla così ma ormai è una donna, ha
venti anni. L'anno scorso ha preso il
diploma all'istituto tecnico, perché è stata
bocciata una volta, e subito dopo è andata
a lavorare. In giro in motorino a portare la
posta. Io ero contraria.

Io e papà facciamo qualche sacrificio in
più e tu vai a seguire qualche corso di
danza, di recitazione, c'hai un certo fisico,
un musetto che è un amore, e puoi andare
in televisione – le dicevo – o comunque
puoi farti ammirare da qualcuno con i soldi
che ti sposa. Se vai in giro tutto il giorno

con il casco in testa, chi ti nota? Non vorrai mica prenderti uno di questi fessi del quartiere destinati a fare i morti di fame come noi.

Arturo si arrabbiava quando parlavo così anche se sapeva che avevo ragione.

Ascolta bene – gli dicevo quando non ne potevo più – non hai una casa tua, se non paghi a rate non puoi permetterti nulla, hai un lavoro che ad ogni momento ti possono sbattere fuori, se ti ammali non puoi permetterti i medici migliori... cosa pensi di essere, un benestante come le mie signore? Certo non moriamo di fame ma mangiamo quello che possiamo permetterci.

Io guardo sempre dentro al frigorifero e alla dispensa delle famiglie in cui faccio le pulizie. Mozzarelle di bufala del casertano, pasta di Gragnano, vino di enoteca, tavolette di cioccolato che costano quanto tutta la spesa che ho fatto stamattina e le mie signore in un discount non ci hanno mai messo piede.

Una volta mi sono permessa di dire alla Masoero, che voleva preparare una mousse di tonno per i suoi ospiti, che da Gustosiaffari c'era una buona offerta: una confezione da otto scatolette da 80 gr con una ciotola omaggio in vera ceramica a soli 4 euro e 20. Lei è scoppiata a ridere.

Mica è tonno, quello, ha detto. Noi compriamo solo tonno rosso di Favignana.

Ah, non è tonno? E cos'è?

Squalo.

Squalo?

Poi la mousse me l'ha fatta assaggiare e la differenza si sentiva eccome se si sentiva che le scatolette non le ho più comprate.

E la carne? Certi pezzi come quelli che vedi nelle vetrine delle macellerie del centro. E a me le ali e le cosce di pollo comprate in offerta a pacchi da due chili mi escono dalle orecchie.

Ormai non so più come cucinarle. Appena sposati, che la paga valeva ancora qualcosa, mi arrangiavo ai fornelli come mi aveva insegnato mia madre al paese. Ma poi ho dovuto cambiare. Le ali e le cosce mica puoi cucinarle come se fosse un pollo intero, ti devi ingegnare. Per fortuna che una volta mia cugina mi ha regalato per natale il ricettario di Suor Germana. Ricette semplici, buone, sane e poco costose. La signora Masoero, in cucina – che è più grande della nostra camera da letto – c'ha certi libri di ricette che ci vuole uno stipendio solo per avere in casa gli ingredienti. Quando fa il brasato usa una bottiglia di vino di quelle buone. Roba da 5-6 euro.

Perché – dice – non se ne accorge nessuno che non è Barolo di marca.

Noi, il vino, lo prendiamo in bottiglioni da due litri e non costano mai più di 2 euro e 80.

Non dico i ricchi, ma la gente che sta bene come la Masoero e la Baudengo, oggi, si vede da quello che mangia. E da quante volte va al ristorante.

Ma Arturo non ci ha mai voluto sentire da quell'orecchio. Si intristisce se gli faccio questi discorsi. Gli viene il senso di colpa di non essere riuscito a darci di più. Ma io insisto sempre, non si sa mai che gli venga la voglia di fare soldi e gli chiedo:

Con la tua pensione – sempre che non le aboliscano del tutto – non ce la faremo mai a mantenerci questa casa, dove pensi che andremo a vivere?

E lui allora tace e alza le spalle tanto per darsi un contegno. Una volta mi rispondeva che qualcuno avrebbe provveduto ma adesso anche lui ha capito che non ce n'è più per nessuno. Una volta lo Stato in qualche modo aiutava ma adesso ti devi arrangiare per tutto e devi pagare di tasca tua.

Sotto sotto l'unica speranza, oltre naturalmente al superenalotto – ma quei numeri che ho pagato 100 euro a maga Misteria non sono ancora usciti – era la bambina. Magari se tutto andava male e non diventava un personaggio famoso almeno si sposava un bravo ragazzo messo bene e potevamo contare su di loro, anche noi ci siamo sobbarcati la mamma dell'Arturo quando il babbo era morto e in quattro in questa casa è stata dura. Anche perché la vecchia non era più in grado di andare al cesso da sola e ai servizi sociali si sono messi a ridere quando abbiamo chiesto l'assistenza.

Ho cominciato cinque anni fa a ritagliare da Novella 2000 articoli e fotografie di matrimoni e a incollarli sulle pagine di un quaderno per preparare quello della bambina ma quella non si è mai degnata di guardarlo.

Una delusione la bambina. Tutta una vita a risparmiare per non avere nulla, solo la certezza che in futuro potrà solo andare peggio. Una vita da discount, da cinesi, da rate a interessi zero, da affari imperdibili. Che sono sempre una fregatura. L'avevo detto ad Arturo che non dovevamo fidarci della televendita. E lui a insistere che ci davano un sacco di regali. Le pentole fanno schifo, si attacca tutto, anche il brodo, e dei regali ne abbiamo visto la metà.

Fateci causa, ci hanno detto i bastardi.

Eppure poteva farcela la bambina. Glielo dicevo sempre quando guardavamo la televisione.

Sei più bella di Alessandra e lei si è presa Costantino e fa i soldi. Quelli veri, non la miseria che prendi al Pony. Che poi è pericoloso con quel motorino sempre in mezzo al traffico.

Poteva andare dalla De Filippi, prendere contatto con qualche agenzia. Ero anche disposta ad accompagnarla per presentarla ai telespettatori. Mi ero anche preparata il discorso. Una volta che sei nel giro, qualche cosa succede sempre. Anche Costantino viveva in un quartiere come questo e poi è riuscito ad andarsene e l'ho visto sul giornale in vacanza in Costa Smeralda.

Ma hai idea, bambina mia, quanto costa un caffè a Porto Cervo? Ma se non ti fai notare – le dicevo – non combinerai nulla di buono per la tua vita. Se non ne approfitti adesso che sei giovane niente più niente al mondo servirà per cambiarti il destino.

E lei sbuffava. Che mi faceva venire certi nervi.

Non sbuffare!

Ma dài, mamma, sempre con 'sta storia. Che palle!

Ma vuoi diventare come me? – le chiedevo – Vuoi fare anche tu la mia vita? C'ho quarantacinque anni e la mia vita è già finita da un pezzo. Tutto il santo giorno a sbattermi per tirare avanti con l'angoscia che il giorno seguente sarà grigio e uguale come il precedente? Ma non vuoi qualcosa di diverso?

A quel punto lei se ne andava. Eppure quella frase del giorno grigio e uguale che avevo sentito guardando Un posto al Sole mi aveva tanto colpito che mi era rimasta impressa. A lei, invece, entrava da un orecchio e usciva dall'altro. Arturo diceva di lasciarla in pace, che la bambina avrebbe trovato la sua strada. Avrebbe lavorato e avrebbe messo su famiglia come tutti. Tutti chi? Aprivo la finestra e gli mostravo le finestre dei palazzi di fronte. Gente come noi, con la vita identica alla nostra. Che se tutto va bene, riesci a stringere la cinghia fino a quando non schiatti in un letto d'ospedale, magari in corridoio perché non c'è posto.

Come era successo alla mia mamma. Non era malata, era solo vecchia e l'hanno parcheggiata in un corridoio finché non è morta. E se ne sono accorti solo al cambio del turno. Quando ho chiesto al medico di cosa era morta ha alzato le spalle. Era vecchia – mi ha detto – era arrivato il suo tempo.

Sì, lo so anch'io che era vecchia. Ma di cosa è morta?

Ma non lo so, signora. Un infarto, un ictus... cosa vuole che importi.

Se hai soldi non ti trattano così. Non dico tanti ma comunque molti di più di quelli che abbiamo noi. Io non voglio morire come la mamma. Ho una paura maledetta della vecchiaia.

Certe volte mi sveglio pensando che Arturo andrà in pensione a sessantacinque anni e a quell'epoca avrò già smesso di pulire pavimenti. Cosa faremo tutto il giorno? Esattamente quello che fanno gli altri pensionati che adesso compatisco e cioè nulla se non aspettare di tirare le cuoia.

Li vedo i vecchi del quartiere trascinarsi all'ufficio postale per quella manciata di euro o al mercato a muovere in silenzio le bocche facendo i conti per la spesa. O ai giardinetti seduti sulle panchine ad aspettare che passi la giornata.

Da queste parti badanti non se ne vedono, c'è l'ospizio a fianco della chiesa, ma piuttosto che finire lì mi ammazzo. Niente più niente al mondo mi costringerà a finire la mia vita in mezzo ad altri vecchi tristi. E poveri.

Niente più niente al mondo...

Questa frase me la porto dietro dal matrimonio. Il cugino di Arturo suonava la chitarra e aveva cantato Il cielo in una

stanza. È l'unica canzone che ho imparato
per intero:

Quando sei qui con me
questa stanza non ha più pareti
ma alberi
alberi infiniti
Quando sei qui vicino a me
questo soffitto viola
no, non esiste più.
Io vedo il cielo sopra noi
che restiamo qui
abbandonati
come se non ci fosse più
niente, più niente al mondo.
Suona un'armonica
mi sembra un organo
che vibra per te e per me
su nell'immensità del cielo.
Per te, per me:
nel cielo.

Allora pensavo di avere un futuro, di potermi giocare la vita. Ero giovane. Invece in ventidue anni 'sto cazzo di cielo non l'ho mai visto. Il soffitto è sempre stato lo stesso, color bianco che Arturo rinfresca ogni due anni e prima di arrivare al cielo ci sono ancora sei piani e gli zoccoli della signora Andreis che, puntuale come un orologio, si alza ogni notte alle tre per andare a pisciare.

Ora niente più niente al mondo rimetterà a posto le cose. Non ho avuto il coraggio di avvertire Arturo. Lo faranno loro. Oggi il vermouth ha un sapore strano, di ferro arrugginito, o forse è la mia bocca. Non so. Non so nemmeno bene cos'è successo. Ci penseranno loro a spiegarmelo. Io volevo solo che la mia bambina fosse felice. Che almeno lei vedesse il cielo. E per farlo bisogna sacrificarsi. In questo mondo c'è sempre un prezzo da pagare. Ma lei ormai si era arresa. Aveva iniziato a lasciarsi andare come avevo fatto io tanti anni prima.

E sapere che mia figlia avrebbe avuto il mio stesso destino non riuscivo proprio a sopportarlo.

Lavorava dal lunedì al venerdì, 510 euro di paga con un contratto che quando voleva la società poteva licenziarla senza nessun problema. La sera tornava a casa stanca e per riprendere fiato si fermava in cortile con gli altri ragazzi a fumare una sigaretta e a raccontarsi le solite fesserie.

Usciva il venerdì sera per la pizza o il panino da Macdonald e il sabato se ne andava in discoteca. Insomma per divertirsi spendeva sui 60 euro, 240 al mese. Troppi davvero ma tentare di farglielo

capire era inutile. Il resto avrebbe dovuto
usarlo per il cellulare e per vestirsi – girava
sempre in jeans, scarpe da ginnastica e
maglioni vecchi – e avrebbe dovuto mettere almeno 100 euro in casa. Invece non
aveva mai un soldo in tasca e a fine mese ne
chiedeva sempre a suo padre perché
sapeva che da me non avrebbe avuto nemmeno un centesimo.

La bambina spendeva tutto, quasi 300
euro, nelle collezioni. Quelle che si trovano
in edicola. Ha iniziato con le penne stilo-
grafiche gioiello con i brillantini Swa-
rovski, poi con i bicchieri delle birre più
famose al mondo, gli orologi da polso, gli
orologi da taschino, le bambole, le zup-
piere, i ventagli da collezione – pezzi unici
dipinti a mano – i funghi, le divinità del-
l'antico Egitto...

Ha riempito la casa di queste stronzatine di plastica. Prima camera sua, poi i mobili del salotto che finiremo di pagare nel 2007.

La bambina è impazzita dicevo ad Arturo. E lui rispondeva che magari un domani potevano valere qualcosa. Pur di non affrontare mai le cose di petto era capace di pensare che la bambina, all'improvviso, era diventata una maga della finanza che investiva nelle collezioni.

Alla fine non ce l'ho fatta più. Quando ho visto sopra la televisione un modellino della Fiat 128 – io che le Fiat non le posso vedere e la 128 meno di tutte che mio padre ci aveva perso la salute alla catena di montaggio – l'ho sbattuta contro il muro e le ho detto che in questa casa non sarebbe più entrato un porcino di plastica o un altro di quegli oggetti inutili.

La bambina si era spaventata. Non mi

aveva mai visto così e mi aveva promesso che avrebbe girato al largo dalle edicole. Però dopo aveva smesso di parlarmi, mi evitava e stava sempre più davanti al televisore.

Poco male, pensavo, almeno impara qualcosa, magari le viene voglia di fare come tutte quelle ragazze che hanno capito cóme funziona il mondo. La incoraggiavo a vedere i programmi giusti, chissà che non le veniva voglia di andare alle selezioni per il Grande Fratello. Oppure di proporsi come valletta di qualche televendita. E chi se ne importa se sono quasi tutte truffe – le dicevo – la paga è buona e ti danno anche i vestiti e ogni volta che vai in onda il parrucchiere ti dà una sistemata ai capelli. Hai le gambe lunghe, una terza di seno e un sedere che sembra disegnato, da qualche parte ti prendono di sicuro.

Ma oggi quando sono tornata a casa e ho visto nell'immondizia l'involucro del primo numero della collezione Coltelli tradizionali e da lavoro – il ronchetto valtellinese a 4 euro e 90 – ho perso la ragione e niente più niente al mondo è riuscito a farmela tornare. Sono corsa in camera sua urlando. L'ho presa a schiaffi. Che cazzo te ne fai di un ronchetto valtellinese? Smettila di buttare via i soldi in questo modo. Qui io e tuo padre facciamo solo sacrifici e tu non metti un centesimo in casa.

Lei si è ribellata, mi ha insultato, mi ha tirato addosso il coltellino.

Tagliaci le cipolle, ha urlato.

Me ne sono tornata in cucina per sbollire la rabbia e ho visto sul lavello il coltello, quello vero, che uso per le cipolle. Non so come sia successo, me lo sono ritrovato tra le mani, non ricordo nemmeno di essere andata nella sua camera. Stava scrivendo e come mi ha visto ha nascosto il quaderno.

Cos'è?

Niente, roba mia.

Fammi vedere.

Era un diario. Non mi ero mai accorta che ne avesse uno.

14 ottobre. Mia madre è una stronza.

Tua madre è una stronza? Tua madre?

Ho cominciato a colpirla al viso, alla gola. Sentivo solo la mia voce che urlava. Pensavo di prenderla ancora a schiaffi. Mi stupivo di tutto quel sangue, ma non riuscivo a smettere. Lei è caduta sul letto, con le mani cercava di fermare il sangue che finiva tutto sul mio vestito.

La bambina è diventata pallida e le mani le sono scivolate sul petto, come se stesse pregando.

Scusa, le ho detto. Scusa, scusa, scusa,

bambina mia. Non volevo. È che ho perso la pazienza, lo sapevi che mi avresti fatto arrabbiare. Vatti a lavare. Io ti aspetto di là. Ci beviamo un vermouth e facciamo pace.

Ma lei mi fissava come i morti della televisione. Quelli ammazzati. Allora ho capito che niente più niente al mondo avrebbe rimesso a posto le cose.

Ho telefonato alla signora Calderoli, suo marito è brigadiere dei carabinieri. Una persona gentile che saluta sempre quando ci incontriamo in ascensore.

È successo un incidente – ho detto – la bambina ha perso molto sangue.

E adesso sono qui che aspetto che succeda qualcosa. Io non so cosa fare. Devo mettere a posto la spesa e cambiarmi ma non ne ho tanta voglia. Il vermouth va giù che è un piacere.

Ho iniziato a berlo quando Arturo è finito in cassa integrazione e non ho più smesso. È come una medicina, mi fa sentire meglio. Anche la bambina dovrebbe berne un goccio ma a lei non piace. Una cosa da vecchi mi ha detto una volta. Non le ho risposto perché aveva ragione. Sono diventata vecchia presto ma non ho mai avuto i soldi per le cure di bellezza.

Me ne sono accorta quando ho visto le pieghe sotto il sedere, una per chiappa. Avevo seguito una trasmissione della Lambertucci che spiegava che quello era il primo segno di decadenza del corpo. Secondo lei bisognava intervenire subito con massaggi, palestra, dieta e creme. Ma chi aveva il tempo di andarci e soprattutto i soldi?

Dopo le pieghe sotto il culo hanno cominciato ad andare giù le tette, la vita si

è ingrossata, la faccia si è riempita di rughe
e il collo si è inflaccidito. Mi sono guardata
allo specchio e mi sono detta che ormai era
troppo tardi.

Arturo sarebbe stato il mio unico
uomo.

Avevo questo sogno, questa fantasia di
avere un amante. L'idea di andare a letto
tutta la vita con mio marito mi faceva
venire una tristezza che nemmeno il vermouth riusciva a scacciare.

Sognavo un uomo che prima mi corteg-
giava con fiori e vestiti e poi mi veniva a
prendere con una bella macchina e mi por-
tava a cena in un bel ristorante e poi in uno
di quegli hotel del centro dove mi avrebbe
spogliato, baciato e mi avrebbe fatto tutte
quelle cose che ad Arturo non erano mai
venute in mente. Ma a me sì. Tutte le volte
che Arturo mi prendeva.

E quando ci pensavo mi chiudevo in bagno e mi toccavo tra le cosce e godevo da sola.

Quella volta che mi sono guardata allo specchio ho capito anche che un amante non lo avevo trovato perché con la vita che facevo mi mancavano le occasioni. Dove lo trovavo io un amante che mi scopava al grande hotel?

Qui nel quartiere ne avrei trovato quanti ne volevo che mi avrebbero portato a fare un giro con le loro utilitarie ma sarebbero stati uomini perdenti identici ad Arturo. Me lo avrebbero sbattuto dentro e poi se ne sarebbero vantati al bar e tutti gli uomini si sarebbero sentiti liberi di tastarmi il culo.

Non sono mai stata e mai sarò una signora Masoero o Baudengo. Io vedo quello che spendono in cosmetici e profumi. Una crema di marca antirughe ormai costa anche 100, 150 euro. Hanno la mia età ma dimostrano dieci anni di meno. E poi c'hanno certa biancheria elegante. Basta mettersi quella per farlo rizzare al marito. Loro hanno tempo e soldi da dedicare a sé stesse. In questo sono uguali come due gocce d'acqua e manco si conoscono. Palestra, parrucchiere, manicure e tutto il resto.

Non so quante volte l'anno vanno dal ginecologo e a farsi visitare da altri specialisti. La Baudengo mi dice sempre: mi raccomando i test, si ricordi di fare le analisi.

Ma quella vive nel pianeta benestanti e non ha idea quanto costano i ticket. Io le dico sempre di sì ma dal ginecologo sono anni che non vado.

A noi la salute ce la controlla il Signore

dall'alto e dallo specialista ci vai solo se stai male. Ma male sul serio.

E poi hanno anche tempo per stare con le amiche. Vanno al cinema, al caffè, a teatro e stanno sempre al telefono. A loro le occasioni non sono mai mancate. E secondo me la Baudengo un amante l'ha avuto. Per un periodo l'ho sentita fare certi discorsi al telefono e dire certe bugie in casa ai figli e al marito. Ma loro possono disporre della loro vita come vogliono, una volta l'altra signora era arrabbiata col marito e parlava di separazione al telefono con la sorella.

Io da Arturo non potrei mai separarmi. Non ci sono i soldi. Me lo sono sposato e me lo tengo. Come ha detto il prete: solo la morte ci separerà.

Dalla signora Esposito sento sempre storie di corna e di mogli furiose. Ma al massimo chiudono le gambe e fanno lo sciopero della scopata settimanale, poi ritorna tutto come prima. Lasciare i mariti che ci hanno fregato la vita rimane solo un sogno, uno dei tanti. Ormai sono davvero poche le coppie che reggono negli anni. Come ha detto la Esposito: anche Romina e Albano si sono lasciati. E pure Katia e Pippo. Alessandra e Costantino sono in crisi. Non si salva nessuno.

Sono nata nella famiglia sbagliata e da allora ho sempre sbagliato tutto. Me la sono meritata questa vita da discount che ti costringe a giornate tutte uguali, imprigionate nel grigiore di non poterti permettere nulla di diverso.

Il giorno peggiore è il sabato. Durante la settimana ti ammazzi di fatica e non pensi, ma il sabato pomeriggio si esce a fare un giro in centro. A guardare le vetrine di negozi in cui non abbiamo mai messo piede. A guardare i prezzi di cose che non potremo mai permetterci. Una vera sofferenza. Dopo un po' mi viene da piangere ma ho sempre fatto finta di nulla perché è giusto che io, Arturo e la bambina ci rendiamo conto di quello che non abbiamo e soprattutto di quello che siamo.

Così la bambina capisce – mi dico sempre – ma lei è distratta, si annoia, si attacca al telefonino. A volte mi viene voglia di sbatterle la faccia contro quelle vetrine. Arturo invece guarda le belle donne. Me ne accorgo sempre ma non mi importa. Sono comunque stimoli, chissà che non succeda qualcosa.

Quando torniamo a casa mi chiudo in cucina e bevo il vermouth dalla bottiglia, bevo fino a quando non ce ne sta più nella gola e quasi mi soffoca. Una, due, tre volte. La odio quella passeggiata in centro ma è un dovere per una buona madre e una buona moglie. E io lo sono.

Una volta mi piaceva ballare. Arturo e io eravamo bravi. Andavamo nei locali e alle feste dell'Unità. Adesso due volte al mese un pullman fa il giro del quartiere, fa il pieno di coppie della nostra età e ci porta in provincia dove c'è un capannone enorme dove ci sta un mare di gente e queste orchestre che non smettono mai di suonare. Paghiamo 15 euro a testa con la consumazione e balliamo fino alle due del mattino.

Con i balli a due va tutto bene ma quando ci sono quelli di gruppo mi torna la tristezza del giro delle vetrine del pomeriggio. Siamo solo degli estranei che ballano insieme perché è sabato e ci dobbiamo divertire per forza altrimenti saremmo tutti a casa a fissare il televisore.

Batti le mani, uno, due, tre passi a destra:

Siamo i Watussi, siamo i Watussi altissimi negri,

batti le mani, uno, due, tre passi a sinistra:

Ogni due passi facciamo sei metri...

E quando la musica finisce rimontiamo sui pullman e ce ne torniamo a casa in silenzio perché nessuno di noi è più capace di conoscere gli altri, di fare amicizia. Gli altri sono solo un problema, una rottura di balle e devi mostrare i denti per ogni cosa sennò se ne approfittano e ti mettono i piedi in testa. Per il parcheggio, per il condominio, per la fila dal fruttivendolo o all'ufficio postale.

Sì, me la sono meritata questa vita che gli unici sogni puoi farli al cesso mentre ti sfreghi il dito sulla fregna. Una vita dove anche scopare con tuo marito è una questione di soldi. Ad Arturo, dopo il licenziamento gli si è ammosciato il cazzo. Prima era regolare come un orologio svizzero. Il sabato notte e la domenica pomeriggio, tra il pranzo e l'inizio delle partite sempre che il Toro non giocasse in casa.

È stato così fin da quando era giovane. Il lavoro in fabbrica gli toglieva la voglia e gli serviva tutto il venerdì per ricaricarsi.

Il medico gli ha detto che era colpa dello stress – capirai che scoperta, mica ci vuole una laurea per capire che ritrovarti a spasso con una famiglia da mantenere qualche pensiero te lo fa venire per forza – e anche un po' del fumo e del colesterolo e gli ha prescritto il Viagra. Più di 80 euro a confezione per quattro pastiglie. Di ticket neanche parlarne. Il che significava per otto scopate al mese 160 euro.

Eliminiamo la ciulatina della domenica pomeriggio – ho detto ad Arturo – così dimezziamo la spesa, visto che 80 euro al mese per dodici fa 960 all'anno. 200 euro in più di un tuo stipendio per farti rizzare l'uccello. Vedi di farti passare lo stress.

Invece non gli è passato e a me invece è passata la voglia di fare l'amore. Le pastiglie facevano effetto solo dopo un'ora e a stomaco pressoché vuoto e allora si andava a letto digiuni ed era una noia stare lì ad aspettare il miracolo di San Gennaro con i morsi della fame.

E poi a lui veniva ancora di più l'ansia per il timore che non gli venisse duro. E più di una volta è successo. Allora mi toccava fare i salti mortali per non buttare via 20 euro di pastiglia.

Poi una sera è arrivato a casa tutto contento. Il medico gli aveva detto che c'era una nuova medicina che faceva effetto per trentasei ore e si poteva anche mangiare prima di prenderla. Costava sempre tanto, 42 euro e 30 per le solite quattro pastiglie ma secondo l'Arturo era comunque un risparmio perché potevamo recuperare il rapporto della domenica che rientrava nelle trentasei ore. Della serie paghi uno e prendi due. Comunque gira e rigira era sempre uno stipendio che se ne andava e non era più come una volta. E io ho continuato ad arrangiarmi.

Mi sento strana, come se mi si fosse rotto qualcosa dentro. Forse è il vermouth. Forse dovrei piangere, disperarmi, invece mi sento lontana da tutto. Come quella volta che sono andata in ospedale a farmi togliere una cisti e non sentivo nulla perché mi avevano fatto le punture. Poi il dolore l'ho sentito. Ma dopo. Forse anche oggi succederà così.

Bambina!!! Amore della mamma, vieni qui che facciamo pace.

Non risponde. Lo so che niente più niente al mondo le farà tornare la voce, ma mi sembra impossibile. Oggi la medicina fa miracoli e magari è solo svenuta. No, è morta. Ecco l'ho detto: è morta. La mia bambina è morta. Un terribile incidente. È la prima cosa che dirò ai carabinieri. E mi farò sentire. Questa volta non starò zitta. Magari mi chiameranno a Una vita in diretta.

Ma crederanno che è stato un incidente? Non penseranno mica che ho ucciso la mia bambina. Siamo in Italia e qui i giudici fanno un po' come pare a loro. Non c'ho i soldi per pagarmi l'avvocato Taormina, io, e non voglio finire come quelli che raccontano la loro vita dal carcere a Storie maledette.

Calma, calma... Mi sto preoccupando senza motivo. Glielo spiegherà l'Arturo che è stato un incidente. Sono sempre stata una donna onesta, non ho mai fatto nulla di male. Chiederò scusa.

Bambina mia, la mamma ti chiede ancora scusa! Prova ad alzarti, dài che la mamma è tanto in pensiero. Certo che hai fatto di tutto per farmi arrabbiare. Cosa ti è venuto in mente di comprare un ronchetto valtellinese. Volevi riempire la casa di coltellini del cazzo, eh? Non bastavano tutte le altre schifezze? Brutta deficiente mi stai ascoltando? Tutta una vita a fare sacrifici e tu mai una volta che hai fatto qualcosa per farmi contenta. Con quello che abbiamo speso per te alla fine sei solo una stracciona che va in giro a portare lettere col motorino. Ma ti sei vista come ti conci? Mai un filo di trucco. E poi begli amici che c'hai, sfigati come te che non arriveranno mai da nessuna parte nella vita. Io non volevo che finissi come me a tirare avanti la carretta insieme a un altro perdente come tuo padre. Non volevo che tu fossi infelice come tutti noi. Infelice, sì, infelice. Ficcati bene questa parola in testa perché ti farà compagnia tutta la vita. Che ti costava accontentarmi e tentare di avere successo? Eh? Male che ti fosse andata ti saresti trovata un uomo con una posizione sociale migliore della nostra. Ai professionisti piacciono le ragazze di un certo tipo, minigonna, tacchetto, calza velata e non quelle in jeans e maglione che sembrano maschi. Ma non capisci proprio un cazzo tu! E anche se fossi diventata una battona di classe, sarei stata fiera lo stesso, era sempre meglio che vivere come me! Lo vedi che mi stai facendo incazzare ancora una volta. E vieni qui che non ho voglia di urlare. Tu avevi il dovere di fare come diceva la tua mamma. Il dovere. Come avevi il dovere un domani di accudire la tua mamma. Avrò bisogno di soldi e di cure e tu dovevi pensarci. Adesso mi toccherà andare a lavare i pavimenti dalle signore fino alla fine dei miei giorni.

Belle stronze anche quelle, la prossima volta che mi rompono le balle gliele ricamo io le rughe su quei bei visini pieni di creme con il ronchetto valtellinese. Me la vedo la Masoero, capace anche di rimanerci male e di dirmi:

Ma come signora mi ferisce con un coltello da 4 euro e 90, io che in cucina c'ho solo coltelli finlandesi forgiati a mano, quelli che si usano per il carpaccio di balena...

Bussano alla porta. Urlano. Sono arrivati. Vogliono che li faccia entrare. Non sono ancora pronta. Devo mettere a posto la spesa. Devo cambiarmi. Che vestito mi metto? Ci vuole qualcosa di importante, è la prima volta che qui entrano i carabinieri.

Potrei mettermi il vestito da sposa. L'ho sempre conservato bene e anche se mi va stretto non se ne accorge nessuno.

Quello è stato il giorno più felice della mia vita. Ero certa che tutto sarebbe cambiato in meglio. Lasciavo il paese per andare a vivere a Torino. Arturo ha le balle e arriverà a farmi fare la vita da signora –

mi dicevo – adesso è operaio ma diventerà capo reparto e poi aprirà un'officina tutta sua.

Volevo vedere il cielo come nella canzone. Almeno un pezzettino.

Invece Dio mi ha dato un marito senza ambizioni e una figlia inutile. Stamattina quando mi sono svegliata non avrei mai immaginato che sarebbe stata una giornata così faticosa. Ho fatto le mie cinque ore e sono andata subito al Supermega-fantadiscount. Poi avevo in mente di riposarmi e di bermi un goccetto guardando la De Filippi. Magari poi sarei andata a Prezziabbattuti&convenienzassoluta dove la signora Novelli mi ha detto che ci sono le crostatine in offerta: confezione da sei pezzi a 0,69. Alla bambina piacciono tanto.

Urlano che sfonderanno la porta.

Bambina vai ad aprire, per favore!

Non si alza, forse è ancora svenuta. O è morta. Non lo so. Basta che aspettino che torni Arturo, lui ha le chiavi. Oggi ha il turno del pomeriggio. Su e giù col muletto. Carica e scarica. Carica e scarica...

Mamma mia fanno un casino... Non riesco proprio ad alzarmi da questa poltrona. Non le ho ancora tolto il rivestimento di plastica. Arturo si incazza, dice che gli suda il sedere ma io glielo lascio fino a quando non abbiamo finito di pagare i mobili. Non si sa mai che ci tocca restituirli e non voglio che dicano che li abbiamo rovinati. Siamo gente onesta noi.

Danno certe botte alla porta. Ma quella resiste. Si romperanno le corna prima di buttarla giù. Ci è costata un occhio della testa ma in questo quartiere ci sono tanti di quei ladri che la porta blindata è un vero investimento.

Chissà se è arrivata anche la televisione. Potrei fare una dichiarazione e spiegare che si è trattato di uno stupido incidente, così chiarisco tutto subito e non c'è bisogno di fare altro. Domani mattina devo pulire i vetri del salotto della signora Baudengo. Mi ci vogliono almeno due ore. E poi devo stirare.

Che stupida! Me ne stavo dimenticando. Domani è mercoledì e iniziano le offerte da Buonecarnitaliane. Le ali di pollo sono a 0,99 al chilo. Posso farle al forno con la birra che ho comprato la settimana scorsa a 0,25 il barattolo. E di contorno spinaci surgelati, quelli a cubetti, li lesso e li passo al burro. Con meno di 5 euro faccio saltar fuori la cena. Per tre o per due, ancora non lo so. Dipende da come sta la bambina.

Voglio parlare con la televisione altrimenti non apro! Avete capito? Chiamate Emilio Fede o il giudice Sante Licheri. Parlerò solo con loro.

Oh madonnina santa ho finito il vermouth. Se avessi la forza di alzarmi berrei la grappa di Arturo. La fa suo cugino al paese. È forte e brucia lo stomaco ma oggi ho voglia di bere. Più del solito. Aiuta a schiarirmi le idee e ne ho bisogno per quando arriveranno le telecamere.

Se la bambina è morta sono capaci di pensare che non sono stata una buona madre. Non è vero. È lei che non è stata una buona figlia. Io ho fatto tutto quello che potevo per farla crescere bene. Mi chiederanno che rapporto avevo con la bambina. Ottimo.

Eravamo come amiche – dirò – anzi era la mia migliore amica. A volte litigavamo ma capita in tutte le famiglie, no?

Anche la signora Baudengo litiga con i figli. Due maschi. Sedici e diciassette anni. Belli, sani e intelligenti. Li conosco da anni e fin dalla prima volta che li ho visti ho capito che non avrebbero avuto problemi nella vita. Infatti avevo ragione: a scuola sono sempre andati bene, da quando avevano 14 anni li hanno mandati a studiare le lingue all'estero, fanno sport. Uno tennis e l'altro pallavolo. Andranno all'università, diventeranno professionisti, guadagneranno un sacco di soldi e si sposeranno con una bella ragazza, una di quelle che si vedono solo in centro.

La signora Masoero invece ha una figlia. Più piccola della mia bambina, ha solo 13 anni. Lei si è sposata tardi come si usa adesso. La piccola sembra uscita dalle pagine di una rivista. E con questo ho detto tutto. Tra madre e figlia è tutto un parlare. Quando stanno insieme non fanno altro che dirsi delle cose.

Anche i figli della Baudengo parlano tanto con la madre. Si dicono anche tante fesserie ma almeno si ascoltano. In quelle famiglie sono sereni.

Non hanno le nostre preoccupazioni che ti mangiano dentro, ti mangiano l'anima. Non che stare bene di portafoglio ti renda felice per forza. Guarda cos'è successo all'Avvocato. Prima il figlio che è caduto giù dal ponte e poi il nipote morto di cancro.

Ma certo i soldi aiutano a non dover pensare sempre ai soldi.

Per questo, forse, la bambina e io tante volte stavamo in silenzio di fronte al televisore, in fin dei conti non è che avevamo tanto da dirci ma questo è meglio che non lo dica.

Anche con Arturo non è che ci sia tutto questo dialogo. Per parlare si parla ma non di noi stessi o di quelle cose che stanno dentro e che a volte vorresti tirare fuori perché sono ficcate nella gola e ti sembra di scoppiare. Si parla delle cose necessarie, quotidiane, ma soprattutto passiamo il tempo a commentare quello che succede agli altri.

È come se stessimo tutto il tempo alla finestra.

Guardiamo la televisione e commentiamo, leggo Novella 2000 e commento, Arturo legge la Gazzetta e commenta. Quando dobbiamo parlare di qualcosa di nostro diventiamo tristi. Da quanto tempo non sono contenta di qualcosa? E non rido per qualcosa che ci è capitato?

Anche questo non posso raccontarlo. Devo dire che siamo una famiglia felice. No, felice è troppo, non ci crederebbe nessuno. Dirò che è normale. Una famiglia piemontese come tante, onesta e lavoratrice. Un padre, una madre e una figlia alle prese con la vita di tutti i giorni.

Invece quella scriveva sul diario che sono una stronza. Il diario! Devo nasconderlo, dov'è finito? Eccolo. È tutto macchiato di sangue. Niente più niente al mondo riuscirà a ripulirlo. Ma che c'aveva da scrivere la bambina...

*16 agosto*
*Finalmente è arrivata la notte. La mamma si è addormentata subito davanti al*

*televisore. Con 'sta storia che non è potuta andare in vacanza beve più del solito. Ho sentito che diceva a papà che era colpa mia, se avessi messo i 100 euro al mese la settimana al mare avrebbero potuto permettersela. Papà le ha detto di stare zitta e poi è andato sul terrazzo a fumare. Domani ricomincerà con la solita solfa.*

*18 agosto*
*Ho chiesto a papà di dirmi la verità. E lui finalmente si è deciso. È stata la mamma a denunciare Abdel. Non ha nemmeno tentato di giustificarla. Ha solo scosso la testa.*
*Ho visto le pubblicità in televisione, a settembre arriveranno le nuove collezioni. A mamma verrà un colpo. Non vedo l'ora.*

*22 agosto*
*Oggi è il compleanno di papà. Gli ho*

regalato un dopobarba. La mamma è riuscita a rovinargli la festa, facendo battute sui ristoranti che non potevamo permetterci. Ha fatto la pasta al forno con le polpettine e i piselli e una torta. E poi si è messa davanti al televisore. Papà invece è andato sul terrazzino a fumare. Era triste.

Gli ho detto che anch'io sono triste senza Abdel. Lui ha detto che gli dispiace, che questo mondo è pieno di ingiustizie. Mi ha abbracciato e mi ha sussurrato che mi vuole bene. Anch'io gli voglio bene. Papà è un uomo buono, è solo sfortunato. La mamma non se lo merita.

27 agosto
Caro Abdel, ti amo tanto. Non so dove ti abbiano portato. Aspetto una tua lettera. Magari riesci a tornare o ti raggiungo io. Non

sono mai stata in Tunisia. A dire il vero non sono mai stata da nessuna parte se non a Milano Marittima con i miei. Un viaggio in autostrada e poi la macchina non si toccava più per una settimana. L'idea di viaggiare mi ha sempre fatto paura. Mi piace stare a Torino, correre in motorino lungo i viali e guardare i palazzi e la gente. Quando c'eri tu, Torino era più bella. Perfino il quartiere sembrava diverso. Tutti gli amici ti salutano. Debora si è messa con Paolo. Durerà poco, lo sai come è fatto lui. Debora è la mia migliore amica e io le ho dovuto parlare chiaramente ma lei se l'è presa. La capisco. Anch'io mi ero offesa quando diverse amiche, Giusy in particolare, mi erano venute a dire di non innamorarmi di te perché eri un "marocchino". Ma poi non ci hanno più fatto caso e anch'io ho lasciato perdere. Penso sempre all'unica volta che abbiamo fatto l'amore. È stato *superbellissimo. Se la mamma sapesse che l'abbiamo fatto sul suo divano nuovo ancora plastificato mi ammazzerebbe. Sei stato dolce, Abdel e io ti amerò per sempre. Mi hai chiesto quante volte l'avevo fatto prima e io ti ho risposto due-tre con Sergio, il mio ex ragazzo. Non è vero, sai. Prima di Sergio c'è stato un altro ragazzo, Brandon Carnelutti. Lo conosci, è quello che lavora nel negozio di casalinghi vicino al nostro bar. Siamo stati insieme qualche mese. Ma l'amore lo facevamo spesso perché a casa sua non c'era mai nessuno il pomeriggio. Spero che non ti arrabbierai per questo ma ci conosciamo ancora poco e non me la sono sentita di raccontarti tutto di me.*

*Sia Sergio che Brandon sono stati carini con me dopo che hanno saputo che la polizia ti aveva portato via. Anche tutti gli altri, comunque.*

*Anche Patrick è stato arrestato, ma lui è finito in carcere. Qualcuno ha fatto la spia. I carabinieri lo hanno aspettato dove teneva il fumo e lo hanno anche pestato di brutto. Adesso il fumo lo andiamo a comprare dagli albanesi che stanno al Blubar. È un po' più caro ma è buono uguale.*

*I ragazzi dicono che presto arresteranno anche loro e ci toccherà andare a prenderlo in un altro quartiere. Qui è pieno di spie. Sono tutti dei disgraziati e hanno anche tempo di non farsi gli affari loro.*

*A questo proposito c'è una cosa che non ti ho detto, anzi avevo deciso di non dirtela proprio ma non posso tacere. È stata mia madre a denunciarti. Lei odia gli stranieri e aveva paura che tu mi mettessi incinta. Anch'io la odio adesso. Non doveva fare una cosa simile. È sempre stata ignorante e stupida, ma adesso a forza di bere è diventata* anche cattiva. È così diversa da mio padre che non capisco come abbia potuto sposarsela. Mamma mi sta sempre addosso. Ti avevo raccontato qualcosa ma in realtà è molto peggio. Pensa solo ai soldi e pretende che sia io a risolvere i suoi problemi. Vuole che vada a fare la cretina in televisione o che cerchi di accalappiare un uomo ricco. Anche papà è angosciato per i soldi, la pensione e tutto il resto ma lui non mi ha mai fatto pesare nulla.

Lei, invece, è terribile. Ogni giorno la solita musica. Prima la compativo, adesso invece la disprezzo. Lo so che tu non sei d'accordo a parlare male delle proprie madri. Più di una volta mi hai sgridato per questo, ma adesso che sai che mia madre ha rovinato la vita anche a te, cambierai idea. Per farle dispetto avevo buttato i soldi nelle collezioni. Poi avevo pensato di smettere quando *si era incazzata di brutto ma adesso voglio ricominciare per farle pagare quello che ci ha fatto. Rinuncio anche ad uscire ma voglio comprare tutte quelle cazzate delle edicole e riempirle la casa. Anche sotto il letto voglio fargliene trovare.*

*Chissà che non la smetta di rompermi le palle con queste menate sul mio futuro. Io non voglio pensare al futuro. Sono giovane, ho venti anni e voglio solo divertirmi. Avrò poi tutta la vita per preoccuparmi. Già mi faccio il culo lavorando al Pony. Possibile che non capisca?*

*Carissimo Abdel, amore mio, ti auguro la buona notte con un bacio.*

*2 settembre*
*Un altro sabato del cazzo! Sono furiosa. Mia madre ci obbliga a queste passeggiate senza senso. Oggi ha preteso di entrare in un*

*negozio di abiti da sposa. Quello che costava meno veniva 5.000 euro. Ha detto alla commessa che mi sarei sposata presto e che volevamo dare un'occhiata. La tizia, una fighetta con la puzza sotto il naso, ci ha squadrato e ha sottolineato che i vestiti erano cari. Papà si è voltato dall'altra parte, tutto rosso in faccia. Quella è pazza. Ci fa fare figure di merda ovunque.*

*5 settembre*
*Alla televisione c'era un bel film ma mamma ha voluto guardare una delle sue menate. Parlavano di sogni nel cassetto. Mamma si è girata e mi ha detto di ascoltare. Una marea di parole stupide. Io non ho sogni come quelle galline. Anzi non ho proprio sogni. Cosa devo sognare? A me basterebbe una vita tranquilla, senza continue rotture di palle. Una vita da ragazza: lavoro*

e divertimento senza dover pensare a cose brutte.

E poi a me non dispiace vivere qui. Il quartiere è quello che è ma ci sono nata e ci sono tutti i miei amici.

Io non andrò mai a fare un provino. Non voglio che mi guardino come se fossi una bestia. E non voglio fare i sacrifici di cui parla la mamma. Se vuoi fare carriera devi essere disposta a tutto e io non ho voglia di fare la cretina con i produttori e gli agenti. Che schifo!!! Mamma è proprio ignorante. Ma gliela faccio vedere io.

9 settembre

Ho litigato con mamma. Mi sono comprata un paio di Puma rosse e lei mi ha fatto una sfuriata. Vuole che compri scarpe da signorina. Stronza, stronza, stronza!!!

Debora le ha comprate uguali e sua

*madre non ha avuto nulla da ridire. Ma pro-prio a me doveva capitare una così. Papà mi ha fatto segno di lasciar perdere. Anche lui però si comporta male, perché non le dice più spesso di stare zitta?*

Oh madonnina santa, guarda cosa scrive la bambina. Basta non leggo più che mi sento morire. Questo diario è tutto contro di me. Chissà cosa penseranno? Ma io lo faccio a pezzetti e lo butto nel cesso.

E brava la mia bambina! Io sacrifico la mia vita per te e questo è il modo in cui mi ripaghi. Adesso stattene in camera tua! Non voglio più vederti. Mai più. Ecco mi hai fatto piangere.

Una puttanella sei. Sei andata a letto anche col tunisino. Glielo hai anche suc-chiato quel cazzo nero? Allora sai cosa ti dico? Ho fatto bene, benissimo a farlo rispedire al paese suo. Altrimenti adesso aspetteresti un figlio da lui. Un bel bambino color caffelatte. E così lo facevi apposta a riempire la mia casa di schifezze. Adesso le fai sparire e da domani metti i soldi in casa. Hai capito?

Urlano che è arrivata la televisione. Come hanno fatto presto! Non sono ancora pronta. Ho perso il filo... madonnina santa...

Dunque... Una vita normale. Padre, madre e figlia. Sì, dirò così. Padre, madre e figlia. Famiglia piemontese. Madre. Figlia. La mia bambina. La mia bambina era una ragazza acqua e sapone. Semplice e senza grilli per la testa. Sognava di sposarsi e avere una famiglia. Aveva la passione per le collezioni. È stato un incidente. Non so come sia successo. Sono sempre stata una buona madre. Mio marito Arturo è un buon padre. E un ottimo marito. Su e giù col muletto. Carica e scarica. Carica e scarica.

Devo alzarmi e andare in bagno a pettinarmi e a mettermi un po' di cipria perché sennò la luce delle telecamere ti fa venire la pelle lucida e brutta. Dovrei anche truccarmi un po'. Sì, almeno un po' di rossetto. Devo assolutamente ricordarmi di guardare nell'obiettivo come fanno i politici, parlare con calma e sorridere. Ho letto che il messaggio così viene capito subito. E io devo convincerli che è stato un incidente.

Arrivo! Ora apro! Smettete di battere, mi state facendo impazzire con tutto quel rumore.

Arrivo, arrivo... una parola! Se solo riuscissi a muovere le gambe. Forza, riposati ancora un minuto, prendi fiato e vai ad aprire.

Scusate per il disordine nella camera della bambina ma niente più niente al mondo servirà a rimettere a posto le cose. Niente più niente al mondo. È meglio che andiamo in salotto. Qualcuno desidera un caffè? Sì, dirò proprio così.

# Nota sull'Autore

Massimo Carlotto è nato a Padova nel 1956. Scoperto dalla scrittrice e critica Grazia Cherchi, ha esordito nel 1995 con il romanzo *Il fuggiasco*, pubblicato dalle Edizioni E/O e vincitore del Premio del Giovedì 1996. Per la stessa casa editrice ha scritto, oltre ad *Arrivederci amore, ciao* (secondo posto al Gran Premio della Letteratura Poliziesca in Francia 2003, finalista all'Edgar Allan Poe Award nella versione inglese pubblicata da Europa Editions nel 2006), i romanzi: *La verità dell'Alligatore, Il mistero di Mangiabarche, Le irregolari, Nessuna cortesia all'uscita* (Premio Dessì 1999 e menzione speciale della giuria Premio Scerbanenco 1999), *Il corriere colombiano, Il maestro di nodi* (Premio Scerbanenco 2003),

*Niente, più niente al mondo* (Premio Girulà 2008), *L'oscura immensità della morte, Nordest* con Marco Videtta (premio Selezione Bancarella 2006), *La terra della mia anima* (Premio Grinzane Noir 2007), *Cristiani di Allah* (2008), *Perdas de Fogu* con i Mama Sabot (Premio Noir Ecologista Jean-Claude Izzo 2009), *L'amore del bandito* (2010) e *Alla fine di un giorno noioso* (2011).

I suoi libri sono pubblicati in vari paesi.

Massimo Carlotto è anche autore teatrale, sceneggiatore e collabora con quotidiani, riviste e musicisti.

# INDICE

**tascabili**

## Ultimi volumi pubblicati:

*Finito di stampare il 23 settembre 2011*
*presso Arti Grafiche La Moderna*
*di Roma*